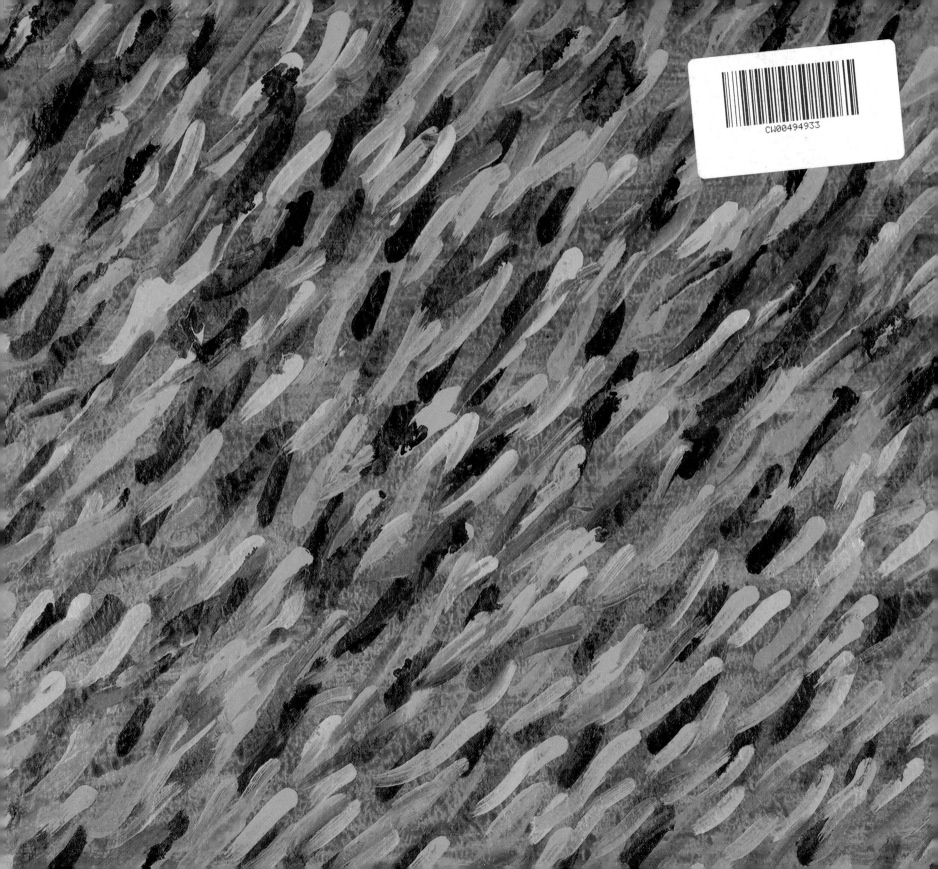

Pour Fred Rogers

LES KANGOUROUS O

Texte français de Laurence Bourguignon
© 2001 Mijade (Namur)
pour l'édition en langue française

© 2000 Eric Carle
Titre original :
Does a Kangaroo have a Mother, too ?

ISBN 2-87142-227-3
D/2001/3712/31
Imprimé en Belgique

T-ILS UNE MAMAN ?

Eric Carle

Mijade

OUI !

Les **KANGOUROUS** ont une maman, comme toi.

Ah ! Et les LIONS, ils ont aussi une maman ?

OUI!

Les **LIONS** aussi ont une maman,
comme toi.

Ah ! Et les GIRAFES, elles ont aussi une maman ?

OUI !

Les **GIRAFES** aussi ont une maman,
comme toi.

Ah ! Et les PINGOUINS, ils ont aussi une maman ?

OUI!

Les **PINGOUINS** aussi ont une maman, comme toi.

Ah ! Et les CYGNES, ils ont aussi une maman ?

OUI !

Les **CYGNES** aussi ont une maman,
comme toi.

Ah ! Et les RENARDS, ils ont aussi une maman ?

OUI !

Les **RENARDS** aussi ont une maman,
comme toi.

Ah ! Et les DAUPHINS, ils ont aussi une maman ?

OUI!

Les **DAUPHINS** aussi ont une maman,
comme toi.

Ah ! Et les MOUTONS, ils ont aussi une maman ?

OUI !

Les **MOUTONS** aussi ont une maman,
comme toi.

Ah ! Et les OURS, ils ont aussi une maman ?

OUI!

Les **OURS** aussi ont une maman,
comme toi.

Ah ! Et les ELEPHANTS, ils ont aussi une maman ?

OUI!

Les **ELEPHANTS** aussi ont une maman, comme toi.

Ah ! Et les SINGES, ils ont aussi une maman ?

OUI !

Les **SINGES** aussi ont une maman,
comme toi.

*Ah ! Et les mamans animaux,
elles aiment aussi leurs petits ?*

OUI ! OUI ! Bien sûr!

Les mamans animaux aiment leurs petits très fort, aussi fort que ta maman t'aime, toi !

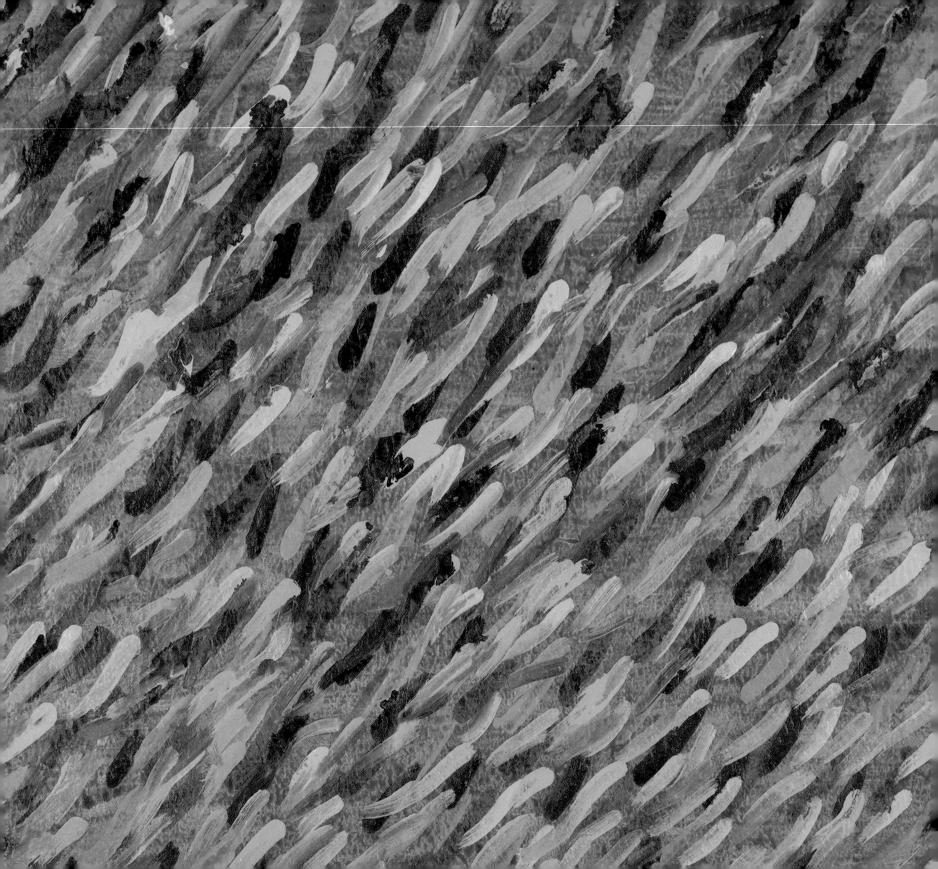